c d Myon 18543

L'UNION
DE L'AMOUR
ET
DE BACHUS,
BALLET EN MUSIQUE,
DEDIE'

A Son Excellence Monseigneur le Marquis De Prié.

La Musique est de Jean Baptiste de Lorme, &
Les vers de Louis de Verneuil, tous deux Comediens
dans la troupe de present.

A BRUSSELLE.

Avec Privilege de Sa Majesté Imp. & Cath.
MDCCXVII.

A SON EXCELLENCE

Son Excellence Monseigneur Hercule Joseph Louis Turrinetty, Marquis de Prié, &c. Chevalier de l'Ordre de l'Anonciade, grand d'Espagne, Conseiller intime d'Etat de Sa Majesté Imp. & Catholique & son Plenipotentiaire au Gouvernement des Païs-Bas Autrichiens, &c.

MONSEIGNEUR,

De tous ceux qui ont le bonheur de vivre sous les aimables Loix de ce Gouvernement, il n'y en a point qui ne ressente au fond du cœur une joie proportionée à la grandeur du present dont le Ciel toûjours équitable

A 2

vient d'honnorer leurs Majeſtez Imp.
& Catholiques par l'heureuſe Naiſſance
de la Sereniſſime Archiducheſſe d'Autri-
che Infante d'Eſpagne preſent qui nous
conſole de nos pertes paſſées, &qui nous
promet un bonheur futur : preſent auſſi
cher à l'Auguſte famille Imperiale que
prétieux à l'Empire : pour témoigner,
Monſeigneur à V. E. Combien nous
ſommes ſenſibles à l'allegreſſe publique,
nous nous ſommes hazardez à compo-
ſer un Divertiſſement de Muſique & de
dance que nous prenons la liberté d'offrir à V. E. non comme un ouvrage digne de la delicateſſe de ſon goût , &
encore moins de la Majeſté du jour pour
lequel nous l'avons deſtiné , mais ſeu-
lement comme un témoignage de l'ardeur & du zele qui nous animent pour
la gloire de leurs Majeſtez Imperiales &
Catholiques la genereuſe & continuelle
indulgence que nous éprouvons tous
les jours dans les emplois qui nous
procurent l'honneur de paroître devant
V. E. nous en fait eſperer de nouveaux
effets , ſur tout ſi V. E. veut bien con-

fiderer que le Poëte , & le Muficien n'ont eu d'autre objet que la noble émulation de répondre de leur côté aux efforts que chacun fait pour fe fignaler dans cette heureufe occafion, par quelque chofe ou de fublime , ou de nouveau. Enfin Monfeigneur , de quelque fuccez que ce Ballet en Mufique foit fuivi , il ne peut être que très-glorieux à fes Autheurs puifqu'il leur prefente l'avantage de donner à V. E. une preuve fincere , & éclatante de la profonde veneration avec laquelle ils demeurent.

MONSEIGNEUR,

DE VÔTRE EXCELLENCE.

Les très-humbles & très-obéiffants ferviteurs Deverneuil, & Delorme.

AVIS
AU LECTEUR.

ON ne met point au jour cét ouvrage par un Esprit d'ambition ou de vaine gloire , on est entierement persuadé que s'il est examiné avec une trop grande severité, il ne s'y trouvera peut-être rien qui puisse être veritablement digne de l'attention du public : mais chacun est suplié de croire que bien loin que l'Autheur des paroles de ce divertissement pretende en tirer quelque applaudissement par l'impression, il n'y auroit jamais consenti, s'il n'avoit regardé en cela la commodité de ceux qui doivent honorer* de leur presence, les representations qui pourront s'en faire , & qui seront sans doute bien aises d'avoir devant les yeux les paroles qui se chantent suivant la coutume établie en cette Ville pour les Operas. Au reste on se soûmet genereusement à tout ce qu'on en pourra juger, & de quelque maniere que ce Ballet en Musique soit reçu, le zele & l'intention du Poëte & du Musicien qui y ont travaillez, l'ardeur & les efforts de ceux qui l'executent, & plus que tout, la fête glorieuse pour laquelle il a été preparé, justifient tout ce qui pourra y être trouvé de defectueux. Enfin ils tacheront de se consoler des critiques qu'on en pourra faire, si tous ceux qui suivent les Loix de l'Amour, ou de Bachus peuvent se resoudre à en venir voir representer l'Union.

ACTEURS
DU PROLOGUE.

LA MUSIQUE.

LA DANCE.

TROUPE DE BERGERS.

TROUPE DE BERGERES.

La Scene est dans un lieu Champetre.

PROLOGUE.

LA MUSIQUE & LA DANCE

On joüe l'ouverture.

SCENE PREMIERE.

LA MUSIQUE *seule.*

Delicieux sejour que j'aimerois tes charmes
Que tu me parois propre à seconder les
miens,
S'ils étoient reunis aux tiens.
Ici loin du tumulte, ici loin des allarmes,
On viendroit, chanter nuit & jour.
Les plaisirs de Bachus, les douceurs de l'Amour.

SCENE II.

LA MUSIQUE & LA DANCE.

LA DANCE.

On viendroit dancer nuit & jour
Où l'on parle toûjours de Bachus &
d'Amour,
LA MUSIQUE *sans voir la Dance.*
L'Echo n'est pas ici fidelle,
Pour chanter elle dit dancer.

LA DANCE *se fait voir,*

Je ne suis pas Echo, je suis une immortelle,
Qui veut éterniser
Par les plus beaux ballets l'histoire,
De la plus éclatante gloire
J'anime les bergers à dancer sur l'herbette.

LA MUSIQUE.

Ils sçavent par mon art chanter une amourette.

LA DANCE.

Mes pas les approchent des Cœurs,

LA MUSIQUE.

Mes airs expriment leurs ardeurs.

LA DANCE.

Je succede encor mieux aux plaisirs de la table,

LA MUSIQUE.

C'est où je parois plus aimable.

LA DANCE.

Je couronne tous les festins.

LA MUSIQUE.

A l'aide de ma simphonie
Je dissipe les noirs chagrins,
Je chasse la melancolie.

LA DANCE.

L'amour le Dieu du vin font merveille en
dansant.

LA MUSIQUE.

Mais ils triomphent en chantant.

LA DANCE.

Puisque nos arts s'accordent bien ensemble,
Courons au Souverain de ces aimables lieux.
On dit par tout qu'il y rassemble.
Les graces, les ris, & les jeux.
Pour la feste nouvelle.
Où Bachus & l'Amour.
En paix & sans querelle,
Ne doivent faire qu'une cour.

LA MUSIQUE.

Uniſſons donc en deligence
Nos jeux, & nos plaiſirs
Pour cette rejoüiſſance
L'objet de nos deſirs.

LA MUSIQUE & LA DANCE.

Uniſſons donc en diligence
Nos jeux, & nos plaiſirs
Pour cette rejoüiſſance
L'Objet de nos deſirs.

Puiſqu'en paix, puiſque ſans querelle,
Le Dieu du vin, & de l'amour
N'auront plus qu'une même Cour
Ah Ciel ! qu'elle doit être belle.

SCENE III.

LA MUSIQUE & LA DANCE.

Troupe de Bergers, & Bergères, qui vien-
nent au ſon d'une Symphonie champêtre.

LA MUSIQUE & LA DANCE.

Venez heureux Bergers, vous aimables Ber-
geres
Secondez nos juſtes ardeurs
Exprimez de vos jeunes cœurs,
Les mouvemens les plus ſinceres.
Quittez ſans balancer vos troupeaux; vos houlet-
tes.
Redoublez à l'envi vos efforts genereux.
Et pour plaire aux objets qu'on reſpecte en ces
lieux.
Suivez les doux tranſports de vos tendres mu-
ſettes.

B A L L E T *de Bergers & Bergeres.*
C H OE U R *de la musique, la Dance.*

LES BERGERS & BERGERES.
Chântons tous en ce jour,
Pour la fête nouvelle.
Puifqu'en paix, puifque fans querelle
Le Dieu du vin & de l'Amour,
N'auront plus qu'une même Cour
Ah Ciel ! quelle doit être belle.

On dance un Canary, & après quoi on reprend le
même chœur que ci-devant par où finit le
Prologue.

PERSONNAGES.

L'AMOUR.

BACHUS.

VENUS.

LA MUSIQUE.

LA DANCE.

UNE BACHANTE.

UN SATYRE.

SUITE DE L'AMOUR.

SUITE DE BACHUS.

SUITE DE VENUS.

TROUPE DE BERGERS ET BERGERES.

La Scene est dans une Isle enchantée.

L'UNION
DE L'AMOUR
ET
DE BACHUS,

ACTE PREMIER.

SCENE PREMIERE.

L'AMOUR *ſeul.*

Aimable ſolitude, agreable ſejour
Que vos charmans appas reveillent ma
   tendreſſe
Qu'il m'eſt doux de revoir des lieux,
Où j'ai vû ma chere Princeſſe;
Devenir ſenſible à mes feux,
Et répondre à mon tendre Amour.
Tout me rappelle ici les traits de ma Pſiché
Tout l'Echo retentit de ſon ardeur fidèle
   Doux tranſports, amoureux ſoupirs
   Soins, vœux, tendres plaiſirs,
Vous êtes à mes yeux une image ſi belle
Que mon cœur n'en peut être à jamais détaché.
Et vous heureux valons dont la riche parure

Etale les bienfaits de la seule nature
     Vous paisibles bois, préz, arbres épais
        Ruisseaux, claires fontaines
Ecoûtez la douleur dont je me sens touché:
Vous fûtes si souvent les témoins de mes peines,
Helas, disparoissez plutôt pour tout jamais,
Ou faites-moi revoir ma divine Psiché.
       Rien ne surpasse ma tendresse
Le Dieu d'Amour vous aimera sans cesse
Vôtre absence, ma Psiché, augmente mes en-
   nuis.
       L'Etat deplorable où je suis
       Fait connoître assez ma tristesse
       Et près du doux murmure de ces eaux
       Je ne puis plus refuser le repos
Que ce tendre gazon présente à ma foiblesse.

L'Amour s'assied sur le gazon & s'endort au
     son de la simphonie.

S C E N E I I.
L'AMOUR *endormi*, BACHUS, UNE
BACHANTE, UN SATYRE.

B A C H U S.

N E courons pas plus loin demeurons dans ces
    lieux,
   C'est ici que je veux qu'on celebre la fête,
    Que depuis long-tems je projette,
    Tout ressent ici le sejour des Dieux,
    Tout rit, tout flate, tout enchante
    Tout y conspire à mes desirs
Et pour goûter en paix les plus parfaits plaisirs
Je vois de tous côtez une place charmante
Allez, suivez mon ordre, & disposez tous deux
Ce que j'ai commandé ! Ciel quel est ce spectacle
                    Ne

Ne me trompai-je point, en croirai-je mes yeux.
L'Amour eſt endormi, quel ſurprenant miracle,

LE SATYRE, ET LA BACHANTE.

Admirons ce nouveau ſpectacle,
Et laiſſons-là nos jeux
En croirons-nous nos yeux
L'Amour eſt endormi, quel ſurprenant miracle.

BACHUS.

Ne laiſſons pas l'Amour dans ce ſommeil affreux
Il y va du bonheur de ce ſejour heureux
Au lieu d'une pleine allegreſſe
Que je veux voir regner ici,
On n'y verroit qu'horreur, que chagrin, que
triſteſſe
Si l'Amour reſtoit endormi.

LA BACHANTE.

Ah loin de l'éveiller ce Dieu fier & terrible
Puniſſons-le plutôt des maux qu'il nous a faits
Mon cœur ſeroit encor paiſible
S'il n'en eût pas troublé la paix.

LE SATYRE.

Mon ſort ſeroit plein de douceur,
Si tandis que l'Amour ſommeille
Je pouvois me livrer au doux jus de la treille
Et bannir pour toujours ce tyran de mon cœur.

LA BACHANTE.

N'enviez pas à nos ames
L'heureux deſtin d'être ſans flâmes
Puiſſant Bachus.
Nous connoiſſons vôtre puiſſance,
Et celle du fils de Venus.
Nous remplirons bien mieux vôtre juſte eſperan-
ce
Si l'Amour peut toujours dormir
Et ſi nous n'avous plus que vous ſeul à ſervir.

B

L'UNION DE L'AMOUR,

LE SATYRE.

Oui grand Dieu de la treille,
Accordez à nos vœux
Le plaisir d'être heureux,
Par la seule bouteille.

BACHUS

Si l'amour dans vos cœurs
Se pouvoit tout à fait éteindre
J'approuverois ici
Le dessein de vouloir étouffer ses ardeurs,
Mais il n'est jamais plus à craindre
Que quand il paroît endormi !
Reveillez-vous, puissant Dieu de Cythère
Reveillez-vous Dieu des ardeurs
Reveillez-vous maitre des cœurs,
Le sommeil de l'Amour ne sauroit jamais plaire.

PETIT CHOEUR.

Reveillez-vous, puissant Dieu de Cythere
Reveillez vous Dieu des ardeurs.
Reveillez-vous maître des cœurs
Le sommeil de l'Amour ne sauroit jamais plaire.

BACHUS A L'AMOUR *qui s'éveille.*

Charmant vainqueur des hommes, & des Dieux
Vous par qui tout respire
Songez bien plutôt dans ces lieux,
A soumettre sous vôtre Empire
Tous les cœurs qui sont sans amour
Mille jeunes beautez peut-être dans ce jour
S'apprétoient de rendre les armes,
Aux objets dont ils se laissent ravir
Et l'Amour auroit pour eux mille charmes
Mais quand pouvoir penser quand on le voit
dormir

PETIT CHOEUR.

Reveillez-vous, puissant Dieu de Cythere
Reveillez-vous, Dieu des ardeurs

Reveillez-vous maître des cœurs,
Le sommeil de l'Amour ne sauroit jamais plaire.

L'AMOUR éveillé.

Que vois-je! quel objet se presente à mes yeux
Mais helas, c'est Bachus, que fait-il en ces lieux.

BACHUS.

Je viens pour donner une fête,
Qui soit toute complette
Et j'ai choisi cet aimable sejour;

L'AMOUR.

Peut-on en disposer sans consulter l'Amour.

BACHUS.

Mon Empire est par tout sur la terre & sur l'onde.

L'AMOUR.

Je fais sentir le mien à chaque bout du monde,
Sans moi point de plaisir pour les Amants.

BACHUS.

Ils en trouvent bien plus dans le jus de la treille,
Et souvent il ne faut qu'une simple bouteille.
Pour leur faire oublier leurs plus rudes tour-
ments.

L'AMOUR.

Il n'est point de perils affreux,
Que n'affronte un cœur amoureux.

BACHUS.

Avec le vin il n'est rien d'impossible,
Et l'on porte toujours un courage invincible.

L'AMOUR.

Par tout on voit les effects de ma gloire.

BACHUS.

Et pour moi chaque jour, est un jour de victoire.

L'AMOUR.

Quand on aime on devient heureux le plus souvent.

BACHUS.

Et quand on boit on eſt toûjours content.

L'AMOUR.

Quel plaiſir que l'amour.

BACHUS.

Quel plaiſir que de boire.

L'AMOUR, & BACHUS.

Quel plaiſir que l'amour, quel plaiſir que de boire.
Il faut le goûter pour le croire.

BACHUS.

Ah loin de diſputer ſur nos pouvoirs égaux.
Ceſſons d'être Rivaux,
Uniſſons-nous plutôt pour cette grande fête,
Dont je veux honorer cette riche retraite,
Aux douceurs de l'amour ſuccederont les jeux.
Aux jeux ſuccederont les plaiſirs de la table.

LE SATYRE & LA BACHANTE.

Ciel ! que cette fête ſeroit aimable !
Si l'amour, & Bachus étoient unis tous deux.

L'AMOUR.

Oüi je veux ſeconder un ſi noble deſſein.
Et joindre mes plaiſirs à ceux du Dieu du vin.
J'allumerai des flâmes,
J'embraſſerai les ames,
Je veux que ce ſejour ſoit par tout enflâmé.
Je veux de tous les Cœurs étre aujourd'hui le
maître,
Chacun y goûtera le plaiſir d'étre aimé.
Où pour le moins l'eſpérance de l'étre.

On entend une Symphonie.

BACHUS.

Qu'entens-je ! quel eſt donc ce bruit harmonieux !

SCENE III.

L'AMOUR, BACHUS.
UN SATYRE, UNE BACHANTE.
LA MUSIQUE, LA DANCE.
Troupe de Bergers, & Bergeres.

LA MUSIQUE & LA DANCE.

UN bruit court dans ces lieux,
Que vous y preparez une superbe fête,
Pour la rendre complete,
agréez, supremes Divinitez,
Que dans cet heureux jour la dance, & la musique,
viennent d'une ardeur heroïque,
Vous offrir de leurs arts les puissantes beautez.

BACHUS.

Je ne puis vous cacher, que je sens du plaisir.
A voir avec quel soin vous cherchez à nous plaire
Nous remplirons vôtre desir,
Et chacune de vous nous sera necessaire.

LA MUSIQUE.

O Dieu d'amour, s'il faut charmer l'oreille
D'une Beauté rebelle.
Pour pouvoir achever de surprendre son cœur,
Et lui faire sentir une amoureuse ardeur.
Vous verrez par la musique touchante,
Surpasser vôtre attente.

LA DANCE.

Quand les sens ennivrez du doux jus de la treille
sentiront les effets des aimables pavots,
C'est à lors que je veux qu'un chacun se reveille,
Et prefere ma dance aux douceurs du Repos.

L'AMOUR, & BACHUS.

Nous ne pouvons trop admirer.
Un si beau zele
Venez, suivez nos pas, allons tout preparer,
Pour la pompe d'une fête si belle.

Tous les Bergers & Bergeres que la Musique, & la Dance ont amenez se rejoüissent ensemble du Bonheur qu'ils ont d'être reçûs à la fête de Bachus.

On dance une Passacaille & l'Acte finit.

ACTE SECOND

SCENE PREMIERE.

VENUS

ENfin me voici dans ces lieux,
Où se doit celebrer la fête,
Que l'amour & Bachus veulent rendre parfaite
Et Je viens honorer ce concert glorieux.
Ma surprise, & ma joie.
Ne peuvent se comprendre.
Quoi donc Bachus s'accorde enfin avec mon Fils.
Pour croire ce miracle, il faut que je le voie.
Ah Ciel! que mon empire va s'étendre!
Si l'amour & Bachus restent toûjours unis.
Mais je n'en doute plus mon transport est extrê-
me,
Je sens à leur aproche animer tous mes sens.
Je veux en diligence
Leur temoigner moi-même
Le plaisir que je sens,
De leur heureuse intelligence.

SCENE II.

VENUS, L'AMOUR *sur un Char traîné par des amours.* BACHUS *sur un Char traîné par des Satyres*, LA MUSIQUE & LA DANCE, SA-TYRES & BACHANTES, BERGERS & BERGERES.

BACHUS à VENUS.

VOus voyez charmante Déeffe,
Le triomphe le plus glorieux,
Qu'on ait vû fur la terre, & dans les Cieux,

BACHUS & L'AMOUR.

Que tout refpire ici, la joie & la tendreffe,
Deformais de nos cœurs la conftante har-
monie,
Va combler les amants de nouvelles Douceurs
Et bannir pour toûjours les jaloufes fureurs
De la difcorde & de l'Envie.

VENUS.

Puiffe à jamais durer une union fi belle,
par là chacun de vous embellira fa cour.
Que l'amour à Bachus refte toûjours fidelle,
Que Bachus à l'amour foit fidelle à fon tour,

LA BACHANTE.

Ah que l'empire du fils de Venus,
Va devenir aimable,

Et son joug agréable,
Puisqu'il est soûtenu du pouvoir de Bachus.

LE SATYRE.

Ciel! peut-on trouver dans la vie,
De destin plus heureux,
Que de suivre Bachus que de suivre Silvie,
Et plaire à tous les deux.

LA MUSIQUE.

On aime assez souvent, mais on craint de le dire
On cherche à déguiser son amoureux martyre,
Mais un amant bien-tôt decouvre nos ardeurs,
lorsqu'il sçait par le vin faire expliquer nos cœurs.

L'AMOUR.

Qu'à present les mortels vont goûter de Douceurs.
Je veux que desormais mes flêches & mes armes,
Dans ces heureux climats ne blessent plus les
ames.
Qu'avec des traits trempés aux Bachique li-
queurs.

LA DANCE.

La joie & les plaisirs suivront par tous vos pas,
chaque jour va paroître une fête nouvelle.
Philis pour son berger au milieu du repas,
Est mille fois plus tendre, & mille fois plus belle.

BACHUS.

Lorsqu'un cœur que l'amour range sous son
Empire,

S'éfforce à rejetter fon aimable poifon,
Pour le faire ceder au charme qui l'attire,
J'etouffe ce qui peut lui refter de raifon.

VENUS.

Et vous heureux amants,
Qu'un tendre amour engage
A vivre fous les loix,
De ces Dieux tous puiffants.
Uniffez vos cœurs & vos voix,
Pour leurs témoigner vôtre hommage.

LE SATYRE ET LA BACHANTE.

Uniffons nos cœus & nos voix,
Pour leurs témoigner nôtre hommage.

CHŒUR.

Uniffons nos cœurs & nos voix,
Pour leurs témoigner nôtre hommage.

LA DANCE.

Ma flâme pour l'objet dont mon cœur eft épris
Commence à triompher de mes plus fiers mé-
pris
J'ai traité jufqu'ici cette ardeur comme un fonge,
Mais je fens dans fes fers que mon cœur arreté,
Des plaifirs de l'Amour rejettant le menfonge
En voudroit bien goûter toute la verité.

bis. { Amour adoucis la peine,
De mon deftin rigoureux,
Fais que mon ame incertaine,
Puiffe voir remplir fes vœux.
Oui ma raifon eft captive,

Je souffre des maux cruels
Ma flâme si fugitive.
Se change en feux éternels,
Amour adouci la peine
De mon destin rigoureux.

Je ne puis demeurer dans cette inquiétude,
Cet état est trop incertain
Et je succomberai sous un tourment si rude,
Sans un remede souverain.

bis. { Si dans cette fête adorable,
{ Que l'Amour prend soin d'embellir,
{ Le mien y pouvoit receuillir,
{ Ce qu'il presente d'agréable.

bis. { Je jure ici devant l'Amour,
{ D'être sa plus noble victime,
{ Et que la flame qui m'anime,
{ Ne s'éteindra qu'avec le jour.

CHOEUR.

Unissons nos cœurs & nos voix,
Pour leurs témoigner nôtre hommage.

Entrée de Satyres.

LA DANCE.

Sonnez, tymbales & trompettes,
Pour la plus Auguste des fêtes,
Où l'Amour & Bachus d'accord,
N'ont plus qu'un même sort.
Celebrez par vos jeux cette illustre victoire,
Que l'on ne parle que d'aimer,
Que l'on ne parle que de boire,
Que les cœurs les plus fiers se laissent enflâmer.

L'UNION DE L'AMOUR, &c.

Sonnez tymbales & trompettes,
Pour la plus Auguste des fêtes.
Chantez tous en ce jour,
La gloire de Bachus, la gloire de l'Amour;
Sonnez tymbales & trompettes,
Pour la plus Auguste des fêtes.

GRAND CHOEUR.

Sonnez tymbales & trompettes,
Pour la plus Auguste des fêtes.
Où l'Amour & Bachus d'accord,
N'ont plus qu'un même sort;
Celebrons par nos jeux cette illustre victoire,
Que l'on ne parle que d'aimer,
Que l'on ne parle que de boire.
Que les cœurs les plus fiers se laissent enflâmer;
Sonnez tymbales & trompettes,
Pour la plus Auguste des fêtes.
Chantons tous en ce jour,
La gloire de Bachus, la gloire de l'Amour.

BALLET.

Ensuite de quoi l'on reprend le Chœur ci-devant.

FIN.

www.ingramcontent.com/pod-product-compliance
Lightning Source LLC
Chambersburg PA
CBHW061624180626
46818CB00005B/2225